젊은 별에게

이승하 시집

좋은날

■ 序

사랑을 완성하기 위하여……

시를 쓰면서 내 얼마나 간절히 원하였는지요.
불완전한 사랑은 완전한 사랑이 되기를.
불건강한 사랑은 건강한 사랑이 되기를.
미성숙의 사랑은 쑥쑥 자라나기를.
미완의 사랑은 곱게 완성되기를.
그리고 이 시집이
'나의 사랑' 을 완성하기 위한 디딤돌이 되기를.
당신도 당신만의 사랑을 완성하시기를 빌며.

1998년 봄
이승하 올림

1 당신이 내 앞으로 걸어오면

5월의 물가에 와 2

3 짐진 자를 위하여

어떤 옛날 이야기 4

당신이 지금
아무것도 입지 않은 몸으로
내 앞으로 걸어오면
나는 넌지시
들풀로 탈바꿈해 나부죽이 흔들릴까보아

당신이 지금
아무것도 가지지 않은 손으로
내 앞으로 걸어오면
나는 넌지시
풀피리로 탈바꿈해 흐느껴 울까보아

살아 있기에
온갖 아픔 못 떨치는 당신과
한 백년만 바람 맞으며 흔들릴 수 있다면
나는 들풀이 되어도 좋아
나는 풀피리가 되어도 좋아.

「당신이 내 앞으로 걸어오면」 중에서

❶

당신이 내 앞으로 걸어오면

피어 있는 꽃

그대 향해 다가서면 늘 내 마음은 무너져
바람이 부는 율곡로에서는 휴지와 같이
비가 내리는 세종로에서는 빗물에 섞여
어디 멀리 사라지고 싶었다 숨고 싶었다
그대 이런 나를 몇 번이고 만류하는구나

각막 이식을 하고 눈뜬 아침

나는 아직도 무슨 바람이 그리 많이 남아
살려고 애쓰는가 조금이라도 더 살려고 하는가
그대 곁을 맴돌며 맴돌며 나직이 불러본다
꽃이여 우리 지금 살아 함께 숨쉬고 있구나
살아야 할 많은 시간 앞에 내가 부끄러워 고개 떨군다

깨어 다가오는 우주여.

구혼

같이 한번 살자꾸나
반벙어리 너랑
곱사등이 나랑

같이 한번 살자꾸나
붙일 데 없는 너랑
얹힌 데 없는 나랑

같이 한번 살자꾸나
다리 저는 너랑
만기 출옥 나랑

같이 한번 살자꾸나
십 년 문둥이 니캉
오 년 문둥이 내캉

당신이 내 앞으로 걸어오면

당신이 지금
아무것도 입지 않은 몸으로
내 앞으로 걸어오면
나는 넌지시
들풀로 탈바꿈해 나부죽이 흔들릴까보아

당신이 지금
아무것도 가지지 않은 손으로
내 앞으로 걸어오면
나는 넌지시
풀피리로 탈바꿈해 흐느껴 울까보아

살아 있기에
온갖 아픔 못 떨치는 당신과
한 백년만 바람 맞으며 흔들릴 수 있다면
나는 들풀이 되어도 좋아
나는 풀피리가 되어도 좋아.

소록도

鹿洞 맑은 바닷물에
비춰봐도 씻어봐도
봄바람 다시 불면
더 깊은 가슴앓이
수척한 네 얼굴에도
분홍 벚꽃 피어나

부여잡고 울었지
너를 안고 잠이 들면
꿈속에도 鄕愁인가
뭍으로만 손 뻗치고
누군들 안 그리우랴
파도 치는 한 생애여

가꿔온 삶의 텃밭
소망이 물오르듯
풀잎처럼 일어서서
언젠가는 돌아가리
내 작은 이승의 터전
마련되는 날이 오면.

국어 시간
— 농아 학교에서

출석부를 펼치면
너희들의 이름은 거부되어 있다
머뭇거리며 다가오는 눈동자들
창문 밖에는 함박눈이 내리고
허리 꺾인 꿈들이 옹기종기
떨고 있는 교실의 뒷벽
아는 것이 힘
국어 사랑 나라 사랑
모두 고개를 들고 여길 봐요
아 에 이 오 우
따라 해보세요
우 우 우 우 우
창문 밖의 눈은 소리없이 내리고
너희들의 숱한 외침은
묻히고 있다
급훈 : 성실 · 사랑
작은 아픔들이 쌓이고 쌓여
침묵의 커다란 벽이 되고 있다.

開花期

내 이제사 괴로워한들
피지 않는 꽃들의 아픔을
슬퍼해본들 아직도 빛이 없어
오오랜 침묵의 나날을 견뎌야 할
꽃들이 이 땅 어디에나 있음을
생각해본들 봄 들판 제각기
자랑스럽게 화알짝 피어날 때
비로소 몸져눕는 이름없는 목숨들
한 순간의 아름다움을 내세우기보다
스스로의 깊은 침묵으로 잠기는
더 아름다운 인내가 가까이 있음을
부끄러워한들 아직 눈뜨지 않은
비바람 속에서도 잎 떨구며, 잎 떨구며
꺾이지 않고 일어설 날 기다리는
꽃들의 의미를 아아 부끄러워한들.

手話

빛 바랜 목소리
설움을 딛고 나부끼기 시작하면
나는 눈을 열고
너를 듣는다
눌린 냉가슴을 비집고 나와
조심스레 흔들리는 깃발
가장 명징한 언어로도
너는 늘 욕구 불만인가
한때의 눈물겨운 팬터마임
떨리는 입술 새로, 손가락 새로
빠져나간 언어는 처연히 나뒹굴고
자신의 이름마저 몰래 지워지지만
나는 믿고 싶다
들끓는 몸짓으로 빚어낸
언어의 무늬 고운 도자기
언젠가는 산산이 깨어져
사람들의 가슴마다 뿌려질 것을
믿는다
아니다, 아니다, 화음을 울리며
산것들의 가슴마다 뿌려질 것을.

우리들의 행로

내 품에 안겨 숨죽인
그대 손이 왜 이렇게 따뜻할까
내 마음에 깊이 새겨진
그대 모습이 오늘은 더욱 신비롭구나
우리 아무 가진 것 없어
눈물 훙건했던 시절이 참으로 길었네

설움에 겨워 잠들지 못한 날
그대 아픈 나를 일으켜 세워
새벽, 미명의 길을 함께 걸었지
조금씩 조금씩 밝아오는 빛 속으로
나를 데려간 그날의 행로를 기억하는가
그대 손의 온기는 내 가슴에 여전하네
그대 가슴의 온기는 내 손에 여전하네

사위어가는 불씨를 아끼듯
그대를 아끼리
다시 올 어떠한 아픔도 설움도
마다하지 않으리

그대가 나를 이루어간다면
나 또한 그대를 이루어가리
떨리는 목소리로 난생 처음 고백하네
그대에게, 눈부신 그대에게
사 · 랑 · 하 · 리 · 죽 · 는 · 순 · 간 · 까 · 지

지금 빛나는 것은 다

풀벌레 소리가 점점 커지고 있어
마냥 좋구나 그대 곁에 벌렁 누워 하늘을 보니
온통 별이야 때때로 별똥별이 떨어지다 사라지고 말아
그대, 무슨 말이라도 하렴 22년의
괴로움과 온갖 슬픔 마침내 끝났으니 오죽이나 좋아
그런데 별은 광년을 달린다
수십, 수백, 수천 광년을 달리면
(1광년은 9,467,000,000,000㎞라는군)
가물가물 반짝이는 한 개의 작은 점
(작은 점들의 지름이 얼마인지 말할 필욘 없겠지)
아냐 별은 반짝이지 않아 스스로 쉼 없이 타올라
빛을 내고 있지 빛으로 존재하는 수천 억의 별
빛은 광년을 달린다 별과 별 사이
별과 행성 사이, 사람과 사람 사이의 성간 물질을 헤치고서
타오르는 별만이 스스로 존재하지
그대와 나는 타오를 수 없었을까
타오르다 타오르다 초거성으로 폭발하지 않으면
차차 식어 백색 왜성으로 숨거둠을 알지만

그대와 내가 떨리는 손 내밀면 따뜻한 교류
아물지 않은 서로의 상처까지 보여줄 수 없었을까
그대, 아무 말이라도 좋아 듣고 있을게
내 제일 가까웠던 사람
태양계 밖 제일 가까운 별은
켄타우루스 자리의 프록시마란 별이라는군
제일 가깝다는 게
지구와 태양 거리의 40만 배라고 해 우와 40만 배
그대와 나의 거리는 40만 배의 40만 배보다 더욱 멀다
여름밤 풀 향기 그윽한 그대 무덤가 찾아와 벌렁 누워
추억한다 아련한 머릿결 냄새 때때로 글썽거리던 두 눈
스물세 살이었다 차가운 별은 없지 그러나
타오르는 것은 다 식는다
지금 빛나는 것은 다.

또 하루

아시는지
밀물 끝나면 다시 썰물 시작되듯
높새바람 그치면 다시 마파람 불어오는 것을,
생성과 소멸을 되풀이하는 萬有의 뜻을
환호하며 일어서는 붉디붉은 동해 아침의 뜻을
아시는지

여문 과일 한 알에서
걸음마 시작하는 어린애에게서
연인의 입술에서
늙은이의 어깨춤에서
잊는 법을
견디는 법을
용서하는 법을 배우느니

밤이 오기를 기다렸네
목마른 별무리 고개를 수그리고
점점이 다가올 무렵이면
울음 우는 사람 곁에 다만 서 있고 싶었네

그대와 내가 실상은 한 핏줄이듯
그대와 뭇 별이 또한 한 핏줄임을
얘기해주고 싶었네

한 아기 태어나 울음 터뜨릴 때
은하의 바깥에서 별 하나 사라진다
끝에서 시작하여
처음에 이르는 것들이여
하나의 별자리는
한 개의 눈물 방울
저마다의 가슴에서 시작되어
영원도 되고 순간도 된다.

공사를 시작함

그대와 더불어 지향할 곳이
지금 이곳이 아니라면 저는 우선
다리 하나를 놓겠습니다
실개천이면 외나무다리를
개울이면 징검다리를
깊은 강 가로막혀 있으면
튼튼한 철근 콘크리트로
건너고 싶은 사람들 건너게 해야지요
몸이 불편한 친구가 사양해도 저는
그를 부축해주겠습니다
한 사람이라도 더 건너게 해야지요
우러러볼 별과 달이 없어도
살아 있는 한 사는 거라고
화톳불에 언 몸을 녹이다보면
봄 햇살 언 몸을 녹여줄 거라고
하지만 섣불리 단정하진 않으렵니다
완공시킬 날까지는
시간이 필요하겠지요
지푸라기 하나라도 이 땅에 생겨나려면

둘 이상의 계절이 필요하듯이
땅과 땅이 손 내밀어 따뜻이 화해하는
그 순간이 오기까지 '너' 와 '내' 가 아니라
'우리' 라는 이름 아래 늘 함께라면
그대는 단념하지 않고 기다릴 수 있겠지요
저는 다리 하나부터 놓을 것입니다.

그날

그 거리를 나는 다시 못 밟겠네
그 찻집 그 자리 지금도 가면 있을지 모르지만
늦가을의 오후 궂은비 내려 어두워진 거리
충정로 2가 그 찻집 근처에서
한 시간을 맴돌았지 차마 말할 수 없어
들어가야 하는가 그냥 돌아가야 하는가
한 번 더 얘기를 나누기로 하자
머리를 털고 옷깃을 세웠지 단호히
들어섰을 때, 바흐의 토카타와 푸가
그 음률 자욱한 구석 어두운 자리
고개 숙인 그대 앞에 다가섰을 때, 토카타와 푸가
말없이 뛰쳐나가던 그대를 왜 나는
그때 붙들지 않았을까 지금은 그대
어디서 무엇을 하고 있을지 모르지만
그 곡, 잔물결 이루던 바흐의 토카타와 푸가
충정로 2가 그 찻집 그 구석 자리
지금도 가면 있을지 모르지만
일백 년 후쯤엔 어떻게 변해 있으려나
그 거리를 나는 다시 못 밟겠네.

꽃차례

천체는 현존합니다 질량이 불변하듯이
가장자리에서부터 혹은 위에서부터 피어나듯이
꽃 한 송이의 섭리는 불변합니다

들여다보면 항시 비어 있는 지상
타인의 눈물과 핏물을 받아 마시며 제가
끌려 다니는 동안도 행성은 타원의 궤도를 돌고……

이 한 몸과 마음이 때때로 추레하여
가슴에 별 하나 품고 살아가게 하듯이
슬픔의 벼랑 끝에서 곱게 핀 당신을 찾아내듯이

꽃, 한 송이의 천체여
이승의 기나긴 밤에도 당신과 맺어져 있어 저는
살아 있는 것들의 향기를 맡을 수 있습니다.

사랑은 그 집 앞까지 따라가는 것일까
세월처럼 머무르지 않는 것일까
낯선 누나가 흘러 들어오는 것이지
젓가락 장단에 잠 설치지만
사랑이란 다름아닌 침묵하는 것
부드럽게 어루만져 주는 것
쓰다듬어주면서
네가 하는 말을 다 이해한다고
고개 끄덕여주는 것.

「사랑의 탐구」 중에서

❷

5월의 물가에 와

겨울, 도시에서

수도 없이 나를 내팽개친 사람들을
이제는 다가가 차례로 감싸안고 싶어
끊임없이 칼날 세우는 세상 가운데로
이제는 몸 던져 안기고 싶어
허락하여주어 내 변함없는 체온을
한 개 관 속에 들어가버리면
당신들과 나는 만날 수가 없잖아.

사랑의 탐구

나는 무작정 사랑할 것이다
죽어버리고 싶을 때가 있을지라도
사랑이란 말의 위대함과
사랑이란 말의 처절함을
속속들이 깨닫지 못했기에
나는 한사코 생을 사랑할 것이다
포주이신 어머니, 당신의 아들
나이 어언 스물이 되었건만

사랑은 늘 5악장일까 아니 女湯
꿈속에 그리는 그리운 고향 그 고향의
안개와도 같은 살갗일까 술 취한 누나의
타진 스타킹이지 음담패설 속에서만
한결 자유스러워질 수 있었고
누군가를 죽여버리고 싶을 땐
목청껏 노래불렀다
방천 둑길에서 기타를 오래 퉁기고
왠지 부끄러워 밤 깊어 돌아왔더랬지
배다른 동생아 너라도 기억해다오

큰 손 작은 손 손가락질 속에서
나는 자랐다 길모퉁이 겁먹은 눈빛은
바로 나다

사랑은 그 집 앞까지 따라가는 것일까
세월처럼 머무르지 않는 것일까
낯선 누나가 흘러 들어오는 것이지
젓가락 장단에 잠 설치지만
사랑이란 다름아닌 침묵하는 것
부드럽게 어루만져주는 것
쓰다듬어주면서
네가 하는 말을 다 이해한다고
고개 끄덕여주는 것.

길 위에서의 약속
— 볼프강 보르헤르트에 얽힌 추억

가야 할 길은 또 얼마나 멀고 험할까
돌아다보면 참 아득도 해라 눈꽃 핀
세상, 사람들은 얼어붙어 정육점의 가축처럼
(어린 시절, 정육점 앞을 지날 때는 눈길을 돌렸었지)
형체도 알아볼 수 없는 모습을 하고 걸려 있었네
20세기의 지상 곳곳, 대리전과 침략전과 내전이 끝난 뒤
통곡하는 상복의 여인을, 미쳐버린 스물네 살의 처녀를
너는 본 적이 있는가 네가 본 세상의 어둠은
눈으로 덮여 있어 더 환하고 순결했을 것이네

얼마를 더 가야 쉴 곳이 나올까
밑창 다 떨어진 구두와 지폐 몇 장
젖은 가방을 베고 누워 운 적이 있었네
(그 가방 속에는 『이별 없는 世代』가 있었고)
젊은 탕아들이여 귀가하지 말라
너희들이 철들려면 아직 멀었다고
외치고 싶던 그날 눈 쌓인 길 위에서, 볼프강 보르헤르트
왜 너는 더없이 순수한 죽음에 관한 것들을 들려주었었나?
왜 너는 나한테 관련맺음의 아름다움을 들려주었었나?

나도 언젠가 집을 가질 수 있을까
수십 번도 더 내가 살해하고 용서했던
부모와 형제(=가족=가축?)가 준 상처는
(그 상처는, 다른 누가 주는 상처보다 깊으리)
이 우주의 역사와 더불어 불멸할 거라고 저주하며
집을 떠났었네, 네 짧은 소설마다 눈 내리고 눈은 꽃피워
겨울이 오면 늘 다시 읽고 싶은 볼프강 보르헤르트
그날, 길 위에서 너는 나한테 손 내밀며 말했었네
가장 가까운 것, 힘없이 늙어가는 것들은 다 사랑하라고.

바람 그리기

황혼의 감천*으로 너를 보낸다, 누이야

네가 혼자 사분거리다 냇둑을 뛰어가면
다옥한 네 머리카락 황금빛으로 빛났다
망각의 시내 이편에서 나는 지켜보았다, 너는
아무런 수치심도 없이, 두려움 하나 없이
오롯이 옷을 벗었다
하나씩 발 아래 옷이 쌓이면
도리암직한 네 몸 청동빛으로 빛났다
그때 감천은 무르춤하였고,
깊이깊이 한숨짓는 바람의 다발
울음 참고 나는 오래 지켜보아야 했다
그 무력했던 날들

누이는 어느 날부터인가
월경이 멎고, 식욕을 잃었다
낮에 자고 밤에 바장이고
혼자 웃고 혼자 흐느끼고
잘 쉬어라 쉬어

네 곁에서 나직이 휘파람 불면
누이는 일어나 두 팔 아느작거리며
집을 나섰다 마을을 나서
혼자 가만가만 웃다 바람이 이끌면
네 혼을 불러내는 정든 시내
그 냇둑에 서서 바람을 그리겠다고
바람의 매무새를 그리겠다고

감천아, 감천의 바람아, 착란의 이 땅아
내 누이는 영원히 어린애란다
나와 누이를 연결시켜주는 끈은 없단다

버려진 내 누이, 너는 아직 곱게도 미쳐……

* 甘川 : 고향 김천시 외곽을 흐르는 시내의 이름.

이 거대한 세기말 병동에서 · 1

면회는 월 1회
누이의 파스텔화 같은 웃음
다음 면회 날까지는 살아 있겠다고

"다 용서하겠습니다.
다시 태어나면
사랑을 나누며 살고 싶습니다."

한 병실에서 7개월을 함께 지내다
목을 매 자살한 환자의 유서에
누구한테 남긴다는 말은 없었다고.

젊은 별에게

다시 밤이다
시야에 출렁이는 겨울 별자리 어디
자전과 공전의 질서를 깨뜨릴 수 없어 고뇌하는
젊은 별이 있다면 지금, 나에게 신호하라
내 질푸른 꿈 하나 쏘아올릴 터이니

광년의 거리 밖 너의 괴로움과
내 바람의 외투를 걸치고 길 나서던 날들의 절망감이
만나서 녹아내릴 수 있다면
내 아무런 확신 없이 떠돌던 삶이
네 울분으로 들끓는 코로나
100만 도가 넘는 뜨거움을
만나서 녹아내릴 수 있다면

고생대, 중생대, 참 얼마나 많은 화석된 시간을 지나
겨울 별자리와 나는 이 밤에
이 우주의 한 귀퉁이에서
대좌하고 있는가, 밤마다
내 참 얼마나 많은 별에다

旣成에 대한 증오의 화살을 쏘아올렸던가
어디를 가도 안주할 곳은 없었으니

멀고 먼 시간의 바다인 황도
12궁이 가리키는 세상을 향해 떠났었다, 그날 이후
내 죄악의 유혹에 얼마나 자주 굴복했던가
소리내어 울면서 버린 동정을
얼마나 오래 서주했던가
나보다 더 오랜 질서이신 神을 저주한 사람이 있으면
만나고 싶다, 그를 힘껏 포옹하리

지금은 밤이다, 끝 모를 어둠
몸부림치는 서로의 존재를 인식할 수 있는 것은
언제나 밤이지, 시작 모를 어둠이
지상에 가득 찰 종말의 날이
내 생애의 어느 날이 될지라도
어둠 속에서 표류하는 젊은 별이여
너를 축복하리, 환하게 웃으며 반기리, 환히
환희의 날이 나와 너의 死後에 올지라도

왜 이리 두려울까, 두렵지만 지금은 밤이니
질서에 길들기를 거부하는 젊은 별이여
희뿌연 새벽이 오기 전에
내게 신호하라, 내 온몸으로 뜨겁게,
뜨겁게 너와 결합하고 싶다.

5월의 물가에 와
— 첫사랑에게 바침

버들개지 날리는 감천 가에 와
그대한테서 온 편지를 접네
그 많은 사연들
꿈결인 양 함께 걸었던
그 많은 거리들
내 기억의 가장 은밀한 곳에
이제는 잠재워두려네
지니고 갈 아무것도 없이, 표표히
나 이제 먼 길
떠나야 될 것 같네

그대한테서 온 편지를
감천 물에 띄우네
한 장 한 장의 행간에
기쁨과 슬픔
열망과 절망을 실어
머나먼 시간의 바다
돌이킬 수 없는, 결코 머무르지 않는
빛의 물살 속으로 띄워 보내네

내 젊음의 온갖 음영까지
…… 내 死後에도 그대
나를 생각해줄까

이 물가에 누워서 쳐다본 별밭에
내 별만큼 많은 꿈들을 쏘아올렸었네
내가 죽고,
내 모르는 타인의 신비스런 시간이 밀려와도
이름 모를 별에 떨어진 꿈들은
싹을 틔우고 있으리
떠남으로써 완성되는 나와 그대의 생애
5월의 감천 가에 와 비로소 알았네.

어린 누이에게

보렴
바람 조는 저 들녘에
봄풀이 울지 않고 일어나는 모습을
보렴 이제는 모든 것 볼 수 있는
너의 눈으로

글피면 강을 건널 수 있겠다
오랜 장마비 뒤
하늘의 선물인 저 웃음짓는 무지개를
보렴 이제는 모든 것 깨우칠 수 있는
너의 눈으로

나가자 내 등에 업혀
가을이 되면 떠나지만
봄을 꼭 데려올 철새 떼를
보렴 이제는 모든 것 거둘 수 있는 너의 눈으로

얘, 청맹과니 내 누이야
텅 비었던 저 들녘에

눈꽃이 활짝 피면 고개를 젖히고
보렴 이제는 모든 것 사랑할 수 있는
너의 마음으로.

늦은 귀가길에

그대와 내가
서로를 생각하는 마음이 깊어지면
계절도 따라 깊어지리라

어둠이 조금 더 일찍 찾아들면
조금 더 일찍 불 밝히면 되지
누구와도 연분 맺지 못하던 그대
아직도 못다 운 울음이 있거들랑
내 곁에 와서 목을 놓아라
가진 것이 없으면 기쁨 만들고
가진 것이 많으면 슬픔 나누지
끝난 그곳에서 다시 시작하는 일이
이루어지리라 지금 생각하지 말자
사람 사는 곳 어디
온기가 남아 있지 않으랴 어느 누군들
흉터를 간직하고 살아가지 않으랴
눈꽃 지는 세모의 밤, 창 밖 서울역 앞에는
저토록 많은 사람들이 喜悲의 짐을 들고
돌아갈 곳 찾아 다 어디로들 돌아간다

우리, 서로를 생각하는 마음이 깊어지면
한 목숨도 따라 여물고
계절은 더욱 깊어지리라.

한 사람에게

너의 속내에 자리한 아픔이 자라나
내가 겪고 있는 아픔보다 더 깊어진다면
나는 지금 자리 정리하고 일어나
네 곁으로 달려가야 하리
비록 일상의 모든 끈끈한 것들로부터
달아나고 싶다는 느낌뿐일지라도

작은 것을 아끼는 부드러운 마음과
작은 것은 버리는 단단한 마음으로
살아가기가 얼마나 어려운지
너는 나에게 가르쳐줄 수 있는가
나누어 짐지면 살림살이의 무게는
얼마만큼 더 가벼워지는지
너는 나에게 가르쳐줄 수 있는가

내 속내에 자리한 아픔이 자라나
네가 겪고 있는 아픔보다 깊어진다 해도
너는 지금 자리 정리하고 일어나
내 곁으로 달려오지 않아도 좋다

비록 일상의 모든 끈끈한 것들로부터
달아나고 싶다는 느낌뿐일지라도

……그러나 그것이 잘못이라면?

실연

너로 인해 괴로워한 밤이 너무 많았다

너는 생각하기를
내 가슴팍에 작은 압핀 하나 꽂고 돌아섰을 뿐일지라도
남몰래 내가 흘린 피의 양과
만취하여 벽을 짚고 걸어간 술집 골목마다
더러운 화장실마다 게워낸 온갖 내용물들을
너는 모르리라 그 누구인들 알리야

나는 생각하기를
내 영혼에, 사지와 오장육부에 속속들이 새겨진 상처는
불멸하리니, 생사를 초월하리니
이 험준한 밤의 끈질긴 초침 소리를
머리 위에 운집한 별들과 함께 내가 듣는다
그날, 눈물이나 흘리지 말 것을, 병신같이, 사내가

눈물 속에서 또다시 부활하자
다시 일어나 떠나야 할 긴 시련의 길, 음지를 찾아가
병들자, 시름시름 앓아나 보자

보살펴줄 사람 하나 없는
실패한 내 사랑의 얘기 들어줄 사람 하나 없는
세상 가장 어두운 곳에서 나를 다시 만나자

너로 인해 괴로워할 밤의 산맥 앞에 내가 서 있다.

귀향

맑은 날이야
파문이 잠든 시간을 흔들어 깨워
이 세상 한 폭 수채화에 담기는 날
참 많은 빛살이 내려
나 여기 어디 정박하고 싶어

고향을 오래 잊고 살았지
친구 만나지 않은 지도 오래 되었지
살아온 것일까 그 동안 내가
죽어온 것일까 그 동안 내가
이 환한 빛살의 이랑 속에서

물 위에 떠 어디론가
너는 갈 수 있을 테지만
나는 이 도시의 한 마리 오리
집도 절도 없으니
마음 붙일 곳 찾지 못했으니

이제는 아무데건
닻 내려 잠들고 싶어.

鵄述嶺曲

바다가 보고 싶어 머리칼 곱게 빗고
치술령에 올라와 목을 놓아 웁니다
내 울음 바다를 건너 이녁한테 들릴지

어디서 불어오나 마파람 가슴 풀어
초목은 눈을 떠도 여전한 애옥살이
여며도 세상은 추워 수평선을 봅니다

이 세상 사람들은 반드시 죽을 것을
내 사랑 못다 이뤄 억장이 무너지면
바람을 불러모으리 기다리다 죽어도.

최후 진술

단 며칠이라도 더 저의 삶이 연장되어
사랑하는 사람들 사랑할 수 있다면
온몸으로 사랑하겠습니다 모두를 용서하고
괴로워하지 않겠습니다
당신들은 아십니까
제 그 동안 얼마나 의무에 충실하고자 애썼는가를
얼마나 저녁 노을과 여행을 좋아했는가를
살아서 숱한 좌절의 아픔을 앓아야 할 당신들이여
그 아픔으로 조금씩 성화될 것입니다 신에게 다가갈 것입니다
세계와 저는 오늘 처음으로 화해했습니다

부풀어오른 공포가
무거운 시간 뒤에 잠복해 있습니다 심호흡을 해도
손이 떨립니다 그러나 후회하지 않습니다 의연히
기도를 올리고 정좌한 오늘, 오늘이 가면
오늘은 죽고 없겠지요 지난날 제 눈을 뜨게 해준
빛을, 새벽 공기를, 가뭄 끝 소나기를, 웃는 아기를
얼마나 사랑했는지 발 디디고 있는 내 나라

자유 민주주의의 나라를 얼마나 꿈꾸었는지
알아주십시오 뭇 사람에게 진리와 정의를 알리지 못하고
저는 그 눈뜨지 않았던 시절의
양수 속으로 노 저어 떠나려 합니다

남아서 당신들은 열렬히 사랑하시기를
살아 있는 한 서로를 불쌍히 여기시기를
증오 질투 오만 원한 기만 부정
다 우스운 것들입니다 이제 제가 사라져도
변한 것이 조금도 없다면 제가 사라져도
서로 죽이고 억누르고 미워한다면……
그 가정으로 지금 가슴 몹시 쓰릴 따름 흐트러짐 없이 새로운 연대의 새벽을 맞고 싶습니다
아무데나 묻어주세요 저의 유해를
불면의 밤마다 한 사람을 갖고 싶었지요
갖고 싶었지요, 기억해주십시오
……………………………………
제 영혼을 거두어주소서, 지이져스.

날 위해 글썽이는 뭇 별과
피었다 떨어지는 들꽃 한 송이
움직이는 것은 모두 모두 영속하여라
너와 나의 기억 속에서 영속하여라

잠시 머물다 헤어짐이건
오래 머물다 헤어짐이건
죽음까지의 과정은 또 얼마나 귀한 것이냐
너와 내가 살고 싶어 이 아픈 지상은.

「퇴원을 기다리며」 중에서

❸

짐진 자를 위하여

그대 없는 세상에 남긴다

— 잔느 에뷰테르느*의 유서

이젠 정말 아무것도 두렵지가 않네요
달콤한 잠 한번 자보았음 좋겠어요
영광은 비참 뒤에 오는 것이라고
俗惡과 至高는 함께 가는 것이라고
말하지들 말아주세요
우리는 모두 어둠 속에서 나서
밝음 가운데 죽어가지요

딱 한 차례의 개인전
피를 토하면서 그린 그림들이
풍기 문란하다고 철거 명령을 받아
단 한 점도 팔리지 않았죠
그게 운명이라 그이가 다시 피 토할 때
내가 할 수 있었던 유일한 일은
몽파르나스의 잿빛 鋪道를 달려
술을 사오는 것

쾌락의 지옥이여
너와도 이제는 결별이구나

악마는 나에게 와 키스해다오
그리고 뱃속의 아기야
너와도 이제는 이별이란다
너는 엄마 얼굴도 보지 못하고
흉측한 빚더미의 이 세상을 향해
한번 울어보지도 못하고 죽겠구나

"이따리아! 까—라 이따리아!"**
오오, 신이시여
악마도 당신을 믿지 않았습니까
그러니 내게 돌려주소서
사랑했던 그 사람을
사랑이란
욕망을 충족시키는 것이 아니라
사람의 길을 가르치는 과정이 아닙니까
더운 영혼으로 배워가는 과정이 아닙니까

불 없는 아틀리에에서
굳은 빵도 떨어진 식탁에서 그이는

그림을 그렸지요
마시고 싶다, 저 빛을
마시게 해달라고 외치면서 화폭에다
핏빛 생명을 토했지요
안고 싶다, 저 태양을
그리운 남국의 태양을 한번만
안게 해달라고 외치면서 말입니다.

* 모딜리아니가 서른다섯의 나이로 죽은 다음날, 임신한 몸으로 양친이 살던 집 6층에서 뛰어내려 자살한 동거녀.

** 모딜리아니가 죽기 직전에 남긴 말. '까—라'는 '그리운'이란 뜻. 모딜리아니는 이탈리아 토스카나 지방의 항구도시 리보르노에서 나 스물한 살 때 파리로 갔다.

짐진 자를 위하여

너의 짐을 져주는 일이 얼마나 고통스러웠던가를
너는 생각해본 적이 있는가
나는 고통에 짓눌려 딱정벌레처럼 위축되어
이게, 기어가는 것인지 죽어가는 것인지
촉각 잘린 귀뚜라미처럼
관절염 앓는 어머니처럼
나는 살아가고 있는데
네가 캄캄한 밤에 돌이 되어
내 앞에 엎드리면
나는 너를 지고
너의 짐까지 지고
어디쯤에 이르러 숨돌려야 할까
울음 참으며 당도한 곳이 막다른 골목이면
울음을 그냥 터뜨려야 하는지
돌아서서 다시 걷기 시작해야 하는지
나는 알 수 없다 사람이기 때문에
사람이기 때문에 무력감에 절망하고
공포에 질려 부르짖기도 하지만
기적을 꿈꾸진 않으리라

부끄러움에 떨며 받아들이리라 너의 짐을
나의 짐 위에 너의 짐을 얹어
더 어두운 세계를 찾아서 갈 터이니
자거라 지금은 잠시 자두어야 할 때.

퇴원을 기다리며

그대 잠들었을 이 밤 열 내리지 않아
나는 잠 못 이루고 있다
그대 잠들었을 이 밤 신음을 참으며
나는 창 열어 밤의 향기를 맡는다

피 묻은 대지를 잠재우며
무리 지어 별들이 황천을 운행하고
풀벌레와 더불어 내가 숨쉬는 기쁨
덧난 환부 같은 나날이더니

주사 바늘과 알약 하나
수술대 위에서 휠체어에서
부서지고 무너져가는 것들이 피워내는
아름다움은 얼마나 눈물겨운지

날 위해 글썽이는 뭇 별과
피었다 떨어지는 들꽃 한 송이
움직이는 것은 모두 모두 영속하여라
너와 나의 기억 속에서 영속하여라

잠시 머물다 헤어짐이건
오래 머물다 헤어짐이건
죽음까지의 과정은 또 얼마나 귀한 것이냐
너와 내가 살고 싶어 이 아픈 지상은.

失明

눈 못 뜨니 세상 더욱더 밝아져
보이던 것 더 똑똑히 보이고
보이지 않던 것 하나 둘 보이기 시작한다
있는 것 제각기 제자리를 지키고
없어야 할 것 자리를 차지하고 있다
보리라 내 다 알아내리라
죄와 용서
눈물과 웃음
참됨과 거짓됨
배부름과 굶주림
함께 자리한 이 땅의 여러 아름다운 혹은 슬픈 모습들
내 그 빛깔들을 잊지 않으마
아직도 기억에 선명한 4계의 풍경이며
한때 따라다녔던 여인의 원색 옷차림이며
미워하거나 미움받았던 사람들 낯빛까지
떠오른다 가슴 터지겠다 내 어찌 잊을 것인가
그리고 빛이여
빛 속에서 태어나 빛 속에서 죽어갈 가련한 것들이여
내 사랑하지 않았다 사랑한다 사랑할 것이다

보리라 내 다 알아내리라
지팡이를 들고 거리로 나서보자
눈 못 뜨니 비로소 세상 가까이 다가온다.

설록차 끓이는 밤에

혼자 잠들어야 하는 이 밤이
무슨 의미가 있으리
도저히 잠 이룰 수 없어
불 켜고 창을 열면
이승의 캄캄한 하늘 너머에
떠오르는 한 사람의 얼굴

그 얼굴 그 목소리
그 체취 지상에 남아 있지 않아
더욱 추운 늦가을의 밤에
그대 체취 맡고 싶어
나는 차 한잔 끓인다네

오래 끓이며 그대 생각
명동에서의 추억을
오래 식히며 그대 생각
을지로에서의 추억을
더듬네, 차 한잔 음미하며
그대 가슴의 온기를 느끼지만

생전의 그대여
머리 마주하고 마시던
차 한잔의 나날은 가고 없네
설록차 끓이는 이 밤에
그대 체취만 맡고 있다네.

죽어가는 사람의 애인을 위한 노래

이 세상 모든 죽어가는 사람을
죽는 순간까지 지켜보아야 하는 그의 애인이여
몇 년, 아니 단 몇 달이라도 함께 할 수 있기를
그대는 밤새워 기도했으리

그 어떤 기도로도
아무리 많은 금전으로도
삶과 죽음의 거리를 좁힐 수 없을 때
그대 절망감은 하늘을 울리고
그대 자책감은 땅을 흔들어
이윽고 머나먼 곳의 별이 흐느끼리

볼을 부비고 손을 어루만지며
제발 죽지는 말아달라고 아무리 외쳐도
나를 그만 잊어달라고 아무리 달래도
해는 빛나고 꽃은 또 피어나리
1천 년 전에도 흘러갔고
1백 년 후에도 흘러갈 시간

무수히 많은 달이 뜨고 지고
꽃 또한 계절따라 피고 졌으나
그대만큼 처량하게 아름답고
그대만큼 처절하게 슬픈 사람은 없을 거네
인간으로 태어나 사랑했던 한 사람을
돌아올 수 없는 곳으로 보낼 사람이여

그대 또한 죽기 전에는 못 만날
모든 죽어가는 사람의 애인이여
사랑받는 것보다 더 고통스러운 것은 없고
사랑하는 것보다 더 잔인한 것은 없나니.

세상의 모든 어머니에게

자궁 적출 수술을 하신 날의 밤
통증으로 잠 못 이루는 당신 곁에 앉아
서른셋에 죽은 한 사내의 異蹟을 읽습니다

눈앞에서 자식이 죽어가는 모습을 본
세상의 모든 어머니들이여
그대 살아갈 생애의 무게는
이 우주의 무게와 맞먹을 것입니다

눈앞에서 어머니가 죽어가는 모습을 본
세상의 모든 자식들이여
그대 살아갈 생애의 무게는
이 우주 무게의 일부를 이룰 것입니다

34년 전 난세포 하나로 저를 잉태하고
오늘 자궁을 들어내신 나의 어머니
한쪽 가슴 이미 없으시니
그대 여성으로서의 몫은 다하신 것이지요

그날 1960년 4월 18일
한나절 꼬박 통증으로 눈물 흘리며
생명이라는 우주를 이 우주에 내보내신
당신을 다시 한번 불러봅니다
"어머니 —"라고.

아직도 어두운 이 지상에서
— '라파엘 어린이집' 방문기

보지 못하면서 말 못하는 보람이
말 못하면서 못 움직이는 은정이
못 움직이면서 자폐증인 진영이
자폐증이면서 보지 못하는 성구

어두운 지상에 외돌토리로 버려져
多重의 장애로 괴로워하는 새싹들
라파엘 어린이집의 식사 시간입니다
밥 먹는 모습이 가지각색입니다

똥오줌을 못 가리는 보람이
밥맛이 없다고 입을 벌리지 않습니다
뇌성 소아마비를 앓았던 은정이
밥상 위로 자꾸만 고꾸라집니다

양말 하나도 못 신는 진영이
국이 맛없다고 맨밥만 먹습니다
종일 가만히 서 있기만 하는 성구
숟갈질을 못해 국을 줄줄 흘립니다

조물주가 버리신 어린이들일까요?
주말에는 부모가 데려가기도 하지만
부모가 버린 어린이들도 있답니다
그럼 엄마 아빠란 말도 모를까요?

혼자서 마냥 미소짓는 보람이
무슨 일이 종일 저렇게 즐거울까요
구석에 앉아 고개만 회회 돌리는 성구
무슨 일이 종일 저렇게 못마땅할까요

아직도 어두운 이 지상에서
새싹들을 돌보는 사람들이 있습니다
엄마 아빠가 되고, 언니 오빠가 되려는
날개 없는 천사들의 모임이 있습니다

아직도 어두운 이 지상에서
어린이들이 낑낑거리며 기어갑니다
아직도 사랑하고픈 그 무엇을 찾아
온몸으로 기어가는 어린이들이 있습니다.

회복기의 아침에

장기의 일부를 도려냄으로써
수술은 일단 성공적으로 끝났다

길이도 넓이도 알 수 없는
여분의 시간들을 게워내고 있는 태양
태양의 알갱이들이 창으로 눈으로 쏟아져들어와
이렇게 종알댄다
이제부터 네 앞의 생은
덤의 생이다
네가 쌓아갈 시간의 봉분은
너 자신의 것이므로 알아서 하렴
크든 작든

작든 크든
저 나무가 저토록 잎 푸르른 것은
뿌리가 아팠기 때문일 게다
보이지 않는 곳의 뿌리
물을 찾아서 땅 깊은 곳으로
돌을 스쳐 바위를 피해

아프지 않은 곳으로 가기 위해
뿌리는 많은 날을 참았을 게다
자기만이 아는 겹겹의 아픔을

꽃나무가 꽃 한 송이를 피워낼 때
땅강아지가 땅 한 뼘을 기어갈 때
아무런 아픔이 없었다고
말할 수 없게 되었다, 나는.

望夫

바깥에 바람이 처량히 부네요
제 설움이 아주 깊어
운신조차 못하게 되면
그대는 어느 꿈자리에
백설이 내리듯 내려오실까
달은 져도 다시 뜨고
겨울 가면 봄 오건만
야 속 타
왜 먼저
가버려야 했소?
아픈 가슴은 저미고 저며
곰삭은 젓갈 빛깔이라오
두 다리 쭉 뻗고 살자고
등 빠지고 뼈 빠지게 일하다
그렇게 훌쩍 떠나가버린
야 속 타
맨 처음
정성으로 섬긴 그대

옆에 누워 듣던
문풍지 바람 소리
나를 따라 흐느끼고 있네요.

옹녀가 전라도 사람이었다면

여보소 변서방아, 이게 워쩐 일이여
뒤여지고 싶어 환장했다고 장승을 패 살라버렸소?
두 다리 쭉 뻗고 살아보려는 넘 속도 모르고
자슥새끼 데불고 살아보려는 넘 속도 모르고
고러코롬 나가자빠지면 나넌 워쩌란 말이여
니미럴 것, 땔나무가 정 머시기허면
두 몸 디립다 붙어 타오르면 될 것 아녀
어두버 잘 안 뷔는 시상을 위해서
우리가 보란 듯이 타오르면 될 것 아녀
인자는 쌍것들도 푸지게 한 시상 살아봐야 할 것 아녀
힘 좋은 서방 만나 쪼깨 목구멍에 풀칠허고 살라는가 혔더니
니미럴 것, 증말 사람 환장허겄구만 확 뒤집히겄구만
이 내 마음 갈래갈래 찢어놓은 경상도 서방아
명줄 안 끊어졌으면 뭐라고 말씀 쪼깨 허시씨요
워낙에 팔자가 사나운 년이지만서도
또 혼자 워찌 살란 말이여
남도 사람이 남도 사람헌티
요러코롬 가슴에 못박아야 쓰겄남?

강쇠가 경상도 사람이었다면

이 보래이, 내가 그걸 우예 알겠노
내가 혼차 따시게 겨울 날라꼬 지랄치고 장승 패 왔더노
얼어 죽을 수는 없다꼬 눈 딱 감고뿌고 안 팼나
산 사람이 살아야지 눈 하나 깜짝 안 하는
무신 얼어 죽을 놈의 장승이 우리한테 밥 멕여주나
시상이 까꾸로 선다 캐도 등 시리고 배 고푸면
말짱 도로묵인 기라
이 보래이, 나는 앙잉나
운이 더럽게 없능 기라 참말로 억울하대이
사실 말이대이, 목구녕이 까시 걸린 거 맨치로
기분이 찜찜했대이
부릅뜬 두 눈을 보이 오줌이 막 나올라 카능 기라
그래도 우야겠노 너무 추불 때는 양물도 얼어붙잖는가베
전라도 가시나야, 도화색 두 빰에 눈물 흔적 더 이뿌니
가슴 따신 사내 품 찾아서 가거래이
마음만 크게 묵고 있으면
우예 살아도 산 목심이야 우째 안 살아가겠나
땅이 무너지능 때라도 솟아날 구녕은 안 있겠나
전라 사람 경상 사람 어느 먼 훗날 또 안 만나겠나

禮成江曲 前篇

그날 밤 우리 단둘이서
그날 밤 우리 단둘이서
좋았었지 내 사람.
시간이 흐르고 흘러
내가 먼저 죽든 네가 먼저 죽든

그날 밤 우리 단둘이서
그날 밤 우리 단둘이서
좋았었지 내 사람.
시간이 흐르고 흘러
너도나도 모두 강물 속으로 사라진들

그날 밤 우리 단둘이서
그날 밤 우리 단둘이서
마냥 좋았었다고 기억하자
시간이 흐르고 흘러
나 없는 세상에서건 너 없는 세상에서건

시간이 우리를 앗아갈 테지만

그 누구의 목숨인들 시한부가 아니리
우리는 욕망을 위해 상처를 견디고
욕망 때문에 고통의 뜻을 알지
그날 밤 우리 단둘이서 그렇게 좋았건만.

그대는 바다입니까

밤마다 머리맡에

그리움의 파도 소리 철썩입니다

잠 못 들어 지새이는 나날

·내 이제 바다가 보이는 언덕에 묻히면

그대 내게 밤이나 낮이나 달려오겠지요

그대는 하늘입니까

해맑은 낮빛으로

멀리서만 바라보는 안타까움입니까

기다림이 쓰라린 날

내 이제 탁 트인 산마루에 묻히면

우리 서로 원도 한도 없이 볼 수 있겠지요

「가시리」 중에서

❹

어떤 옛날 이야기

달래고개에 와서

달래나보지 그랬어
촉촉히 젖은 마음이나 앞세우고
머물다 갈 짧은 길
하늘 한 번 보고 물 한 모금 마시고
살아 있는 것들의 측은함을
돌아다보지 그랬어
두고두고 뉘우칠 일
말려보지는 않고
이러쿵저러쿵 따져봤댔자
누구의 허물도 아닌 일을
이미 있는 것들을
그렇다고 다 덮을 수야 없는 노릇
벗겨진 땅덩이나 울며
울며 내려치지 그랬어.

내림굿

찔레꽃 떨어지는 새벽의 마을에서
살아왔다 앓아왔다 내 사람아
계면조의 울음일랑 묻어두고
한 손엔 부채 한 손엔 방울을 흔들며
내 애간장 태울 대로 다 태워, 에라
되짚고 돌아서 널뛰듯 춤을 추랴

헤매던 넋 하나 돌아오고 있다
서러움에 지펴 이렇듯 몸 쑤시면
차라리 악에 받쳐 세찬 도리질이야
같이 죽어 영원히 같이 살 것을
눈 못 감고 죽은 너는 먹장구름이야
내 얼굴에 퍼붓는 너는 굵은 빗방울이야

고샅을 돌아나오면 꼭 네 생각이 났다
피었다 지고 졌다 또 피어나는
찔레꽃 산길에서 하나가 되었던들
오냐, 남치마 일월대 紅철릭 신칼
내가 살아 삶의 내력 풀어간다면
너는 다가와 죽음의 내력 들려주어

보았다 아무것도 안 보여 팔 휘저으며
왔느냐 어디를 갔다가 예 왔느냐
수많은 영육 밤의 수렁에 빠졌는데도
흥을 못 이겨 난 이놈의 흥을 못 이겨
튀는 율동이 되어 만개한 꽃송이가 되어
햇살을 향한 人쯔라니…… 내 사람아.

白首狂夫의 처에게

새도록 누워 뒤척이던 저 강이
새벽을 향해 흘러 내 가슴께에 차오른다
숙취의 새벽이다 아낙이여
감당할 수 없는 세월을 흘러
마을을 하나씩 일으키고
들판의 곡식을 마저 익게 하라
산은 그대 잘 익은 젖가슴처럼
솟아 있도다
야밤에 융기되는 그대 젖에 의해서
한 사내가 튼튼히 완성되어왔다
도도히 흐르는 시간
말릴 수 없는 시간의 물결이 흘러간다
내 검은 머리칼 휘날리며 몸을 던졌다 아낙이여
마디마디 쑤시고 저린
노래를 불러라 입에서 입으로 전해질
노래라도 불러 취해서 바라보면
죽은 것도 산 것도 다를 게 없도다
하나의 계절이 온전히 저물어
말술과 땀으로 온 누리가 젖을 것이다

희끗희끗 세어질 것이다
다 잊자고 그대 그토록
마셨는가 마셨다 취하였다 다만 내 이대로
잠들고 싶다 기나긴 잠
죽음과 삶이 어우러진 잠을 향해
단호한 몸짓으로 백수의 사내가 도하하는 날
아낙이여, 오래 울어
아름다운 이여
강이 되어 산 아래 그냥 드러눕는구나
그를 사랑한, 그가 사랑치 않은.

神市

태초에 커다란 뜻이 있었다
내가 없는 동안 세상은 몇 번이나 젖혀졌을까
꿈꾼 것은 오로지 전혀 새로운 아침 그 누구도
안아보지 않은 처녀의 젖가슴과도 같은 싱싱한 살의 춤
빛의 춤, 비와 구름과 바람의 춤
움직이는 것은 모두 참되도다 참 아름다움이로다

어느 날 눈을 뜨자마자, 내가, 전신으로 느꼈다
사지가 뒤틀리는 용틀임과
태백산같이 굳건한 힘의 발정을
아아 이제는 웃으며 아침을 맞을 수 있겠구나
마침내 싸움이 시작되고 그 싸움 끝이 없겠지만
두렵지 않다 한 나라가 이 땅에 설 터인데

움직여라! 서서히 얼굴을 드러내는 생령들이여
움직여라! 나 또한 움직이리라 절 거듭 올리며
내 원하노니 이 나라 무궁히 이어지기를 번성하기를
제 스스로 자리를 찾을 줄 아는 질서를
밤마다 머리맡에 깔리는 별들 주어진 자신의 궤도를 돌고

지금 이곳으로부터 나는 상승한다 더 큰 뜻을 펴기 위하여

나는 세계의 일부 세계는 언젠가 나의 일부
모든 지아비와 모든 지어미가 나를 기억할 것이다
설마, 끝끝내 동굴 바깥으로 나오지 못하고
끝끝내 고통을 벗삼아 죽어가려는가
지금쯤 인간이 되었는가 나의 신부여
……오늘밤부터 그대는 처녀가 아니다!

가시리

그대는 바다입니까
밤마다 머리맡에
그리움의 파도 소리 철썩입니다
잠 못 들어 지새이는 나날
내 이제 바다가 보이는 언덕에 묻히면
그대 내게 밤이나 낮이나 달려오겠지요
나는 위 증즐가 대평셩디

그대는 하늘입니까
해맑은 낮빛으로
멀리서만 바라보는 안타까움입니까
기다림이 쓰라린 날
내 이제 탁 트인 산마루에 묻히면
우리 서로 원도 한도 없이 볼 수 있겠지요
나는 위 증즐가 대평셩디

그대는 구름입니까
이리저리 떠돌다가
눈물 뿌리고 사라지는 역마살입니까

우리 살아 마지막 만나는 날
내 그예 강에다 몸 누이면
비로 오시는 그대 늘 맞을 수 있겠지요
나는 위 증즐가 대평셩디

그대는 대지입니까
네 계절을 다스리는
모성의 시름입니까
이 산하 꽃 다 지는 날
내 비로소 씨앗이 되어
그대 품에 오오래 묻힐 것입니다
나는 위 증즐가 대평셩디

土偶

수천 년을 처녀 총각 거기 묻혀 있었네

푸른 산 골 골 골짜기마다
있는 그대로 사는 이들의 마을이 있었네
마을 앞에는 늘 맑은 물이 흐르고
처녀는 늘 물가에 있었네
총각은 물이었네 물 흐르듯
언제나 굽이치고 물 흐르듯
도도히 들판을 돌고 돌아
먼 바다를 꿈꿀 줄 알았네
가뭄이 들어도 가뭄 끝에는
비가 내렸네 무지개가 뜨고
오곡이 무르익고 잘 갈무리하였네
겨울에는 많은 눈이 내리고
봄이 오기를 이제저제 기다렸네
많은 봄이 있었네 꽃 흩어지고
마을이 불타고 사람들이 떠나도
처녀 총각 흙이 되어 같이 묻히고 싶었네

그대들 무엇을 얘기하고 싶어 내 앞에 왔다지
누구는 울 듯한 얼굴로
누구는 장난기 어린 웃음을 띠고
누구는 악기를 들고 주악을 들려주면서

흙이 되어 묻혀 있던 그대들이여
총각은 상투 올려 어른이 되고
처녀는 머리 쪽쪄 어른이 되고
새끼를 낳아 어버이가 되고
새끼 오기 기다리며 늙은이가 되고
그러면서 뭉툭해진 그대의 손
그대 빚던 그날의 손길
내 오늘 햇살 아래 토우를 보고 있자니……

調信의 말

오늘도 지척거리며
몇 집을 두드렸던지
턱찌끼도 못 얻었지
모진 바람 모진 목숨
무지러진 그대 손끝
못 보겠다, 차마 못 보겠다
죄 없이 죽어간 우리 자식들을

安貧이면 어떻고
赤貧인들 또 어떠랴
애젊던 그대 만나
내외 이루었지
인간계, 잠시 왔다 스러지는
行旅의 몸일지라, 내남없이
저승꽃이 폈어도 풀잎의 이슬인가

알 것도 같으다
사랑이 얼마만큼 괴로운 것인가를
이렇게 많은 괴로움만 남기려

우리 그래 사랑했던가
맛난 음식 좋은 옷
네 벽뿐인 집에서 꿈꾸었던가
다는 모르지,
네 계절의 바람과 네 가지의 괴로움을

생각해보아
우리 부부 참 오래 산 거지
이제는 헤어지자
이렇게는 못 살겠으니 헤어지자고
그대는 말하는구려
셈평 펴이거든 다시 만나자고
그대는 말하는구려 임자,
어쩜 그렇게 한 방울 눈물도 없이.

* 調信夢 이야기는 『三國遺事』 卷第三에 나옴.

元曉의 말
— 瑤石公主에게

난생 처음 그대 혀 맛본 날을 기억하네. 내 혀끝으로 빨려들어오는 無碍의 강렬한 환희를 기억하네. 그때 나는 갈대 구멍으로 하늘을 보고 있었다네.

어느 봄날, 내 춘심을 어쩌지 못 해 노래 부르며 거리를 돌아다녔다네. 자루 없는 도끼를 찾아 다리 아래로 풍덩 몸을 던졌을 때, 그대 내 잿빛 옷 거두어주었지. 내 젖은 몸 덮어주었지. 따뜻이 덥혀주었지.

많은 날, 내 불 꺼진 혼 머무를 곳 없어 먼 나라로 가 唯識論을 배우려 했었다네. 心生則種種法生, 토굴에서 마신 물이, 心滅則種種法滅, 해골 바가지에 담긴 빗물이었으니…… 세상에 꽉 찬 고통을 더는 법을 공주여, 아시는가. 남의 손가락질에 싱긋이 웃는 법을. 웃지 않고 자신의 길 위에 엎드리는 법을.

이 무슨 조화인가. 예기치 않았던 순간에 온전히 몸바치는 기쁨, 그 기막힘. 그대 내 캄캄한 혼의 쪽문을 열고 들어와, 마음을 가라앉히고 내 눈을 보시어요. 자유를 비치는 거울을 보시어요.

나는 보았다네, 연꽃 열고 눈뜨는 새 생명의 아침을. 비로소 내 혼 깊이 화안히 불이 켜지고 뒤엉킨 萬象이 움직임을 멈추었다네. 그때까지 나는 콩과 보리를 구별하지 못했었지, 아마?

不歸를 위하여
— 志鬼의 말

님을 생각하기만 하면
양 볼이 취한 듯 달아오르는 것을
전들 어떻게 할 수가 없습니다
가슴 점점 뜨겁게 달아올라
이 더러운 몸이, 목숨이
끝내는 불붙고 싶은 것을
전들 어떻게 할 수가 없습니다
님이 주고 가신 금팔찌를 품고서
타올라 타올라 재가 되고픈 이 심정을
전들 어떻게 할 수가 없습니다
어찌 마치지 않고
불바다를 이룬 이 눈부신 세상을
삼시 밥을 먹고 살아갈 수 있겠습니까
어둠을 향해 짖던 기나긴 밤 수백의 나날
복더위 땡볕 속 그을린 개처럼
시커멓게 타버린 이 가슴에 님아,
기름을 부어주십시오
그냥 한 사발의 기름을.

* 『殊異傳』에 나오는 지귀와 선덕여왕의 이야기는 그 책이 인멸된 뒤 『大東韻府群玉』 卷二十에 다시 수록되어 오늘날까지 전해지고 있다.

別曲

우리가 사랑하며 살아갈 수 있다면

산도 많고 강도 많은
이곳에 태어난 우리 어느덧 이만큼 자랐지
바람이 불면 옷깃을 여미고
어둠이 내리면 들창을 닫으며
아쉬운 바람은 다만 가슴 한구석에 간직하였지
하루에도 몇 번씩 나직이 불러보는 이름이여
키 자랄수록 숨기는 것은 더 많아
말도 없이 돌아서던 그대 돌아서던 그대
위 두어렁셩 두어렁셩 다링디리

살면서 사랑할 수 있다면
울면서 따라가고 싶어도 우리는
하는 수 없다 다만 가슴 한구석에 간직해야 하는
근친이다 상피붙어 차라리 상피붙어
천둥 벼락이 내리칠지라도
비바람 속을 부르짖으며
내가 그대를 갖다 묻을 수 있다면 그럴 수가 있다면
위 두어렁셩 두어렁셩 다링디리

내가 엄장이라면 먼저 간
광덕에게 이렇게 말하겠다

가운뎃다리가 없었던가보네
그래 마침내 윤회에서 벗어났는가
영원이라는 끝없는 시간에서
무한이라는 끝없는 공간에서
자네 벗어나 해탈했는가
죽고 죽어 또 죽어도 살아야 하는
이 사바 세계에서 마침내
제대로 죽어 광덕이
한 점 티끌도 남기지 않았는가
그래 마침내 서방정토에 다다랐는가

나 잠 안 오는 이 밤에
가슴에 흐르는 땀 닦고서
보름달을 와락 껴안으면
마냥 두근대는 이 가슴을

출렁이는 그대 여인의 가슴을
어쩌란 말이냐 내 견딜 수 없어
참 오래 먹을 갈았으나
앎이란 하나같이 올가미더라
뱉어내도 뱉어내도 몸에 고이는
이 몸 달뜨게 하는 욕정만이
씹고 또 씹은 약초처럼 달더라.

* 嚴莊과 廣德에 얽힌 이야기는 『三國遺事』 卷第五에 나옴.

진주 살풀이
— 鄭今善 님께

원을 그리네
감아 뿌리는 흰 수건 한 장아
시상은 둥글다고 말해주라
양수 속에서 오금 못 폈던 몸 시상에 나와
평사위처럼 평평타가도
너만 손에 들면
놀릴사위처럼 몸 놀릴 수 있었으니
둥그런 무덤 하나 이루기꺼지
생이야 돌고 또 도는 것

한 순간 수건을 던져
머문 발로 무릎을 굴신,
몸 출렁이며 두 팔을 앞뒤로 돌리면
이 시상의 이치꺼지 깨닫게 될라
여자라도 論介의 후예인데
아양만 떨다가 한시상 보내랴
눈물만 흘리다 한시상 마치랴
태어났다는 기 재앙일지라도

뺏고 빼앗기는 기
주고 버림받는 기
이 시상의 이치일지라도
출 수 있는 날꺼지는 추는 기다
머물사위로 으쓱 팔 들어올려
당당하게, 위엄 있게, 선명하게 손 돌려
가신 님 무덤 앞에서 신들려 춤을 추면
생전의 꼬인 것 다 풀어헤칠 수 있어
내는 또 넉넉해지네.

어떤 옛날 이야기

내 어릴 적 아저씨한테 들은 이야기
아저씨 어릴 적 시골 마을에
실지 있었던 일이래
신랑 각시 아직 아기 없었지만
남의 집 품이나 팔고 살았지만
사이가 그리 좋을 수가 없었대
남북으로 갈린 나라 호열자까지 번져
토사하는 사람이 앞집 옆집 뒷집
아저씨 살던 집은 용케 무사했더래
신랑이 앓아누운 옆집 행랑 각시는
병구완 해도 해도 더 심해지자
먹지도 않고 울기만 하더래
반쯤 죽은 사람 내다버리려
마을 어른들 들이닥쳤을 때
각시는 아무 말도 없더래
정자나무까지 따라오던 각시
거기서 다시 신랑이 토하자
순식간에 그걸 핥아서 먹더래.

우리들의 기쁜 사랑

전 정 구(문학평론가, 전북대 교수)

시인의 지친 영혼은 도시의 한가운데를 맴도는 '한 마리 오리'로 표현된다. 그는 '마음 붙일 곳 찾지 못했으니' 무작정 떠돌 수밖에 없다. '집도 절도 없으니' 아무데건 '닻 내려 잠들고'(「귀향」) 싶다. 보살펴 줄 사람 하나 없는 어둠 속을 헤매던 시인은 문득 자신을 돌아본다. '세상 가장 어두운 곳에서 나를 다시 만나자'(「실연」). 미래에 대한 아무런 전망이 보이지 않는 그 순간 시인은 자신이 걸어온 발자취를 점검하고 자신의 삶을 해부하기 시작한다. 삶의 족쇄에 묶여 몸부림치던 자기를 탈피하여 스스로가 고통의 감옥에 갇혔다는 인식을 갖는다. 아픈 현실이 옭죄는 그 고통으로부터의 해방은, 고통 그 자체의 문제가 아니라 마음의 문제였다. 고통은 항상 스스로 마음의 족쇄에 얽매인 자신이 문제였고, 허물은 또한 나의 것이었다. 천국은 육체의 현실이 결정하는 것이 아니라, 정신이 탄생시키는 평안을 뜻한다. 사랑의 경우도 마찬가지이다.

소크라테스에 의하면 사랑은 욕망이며 욕망의 결핍이라는 테두리를 벗어나지 않는다. 서로의 상대를 찾아 결합하는 것을 뜻하는 사랑은, 서로를 찾지 못하거나, 혹은 찾았다 할지라도 욕망을 채우는 바로 그 순간 서로를 잊게 되는 허망함 속에 그것의 본질적 속성이 나타난다.

사랑은 얼마나 헛된 노력인가. 안나까레리나, 마농레스코, 트리스탄 등 그들은 상대와 더불어 하나가 되고 싶었지만 각각 떨어져서 언제나처럼 다시 둘이 되었다. 다시 제 자신으로, 자신의 고독과 고통의 상황으로 되돌아 간다.

사랑은 결코 만족을 모른다. 그래서 목표에 도달하는 그 순간 그 대상을 놓치고 만다. 결핍에 시달리는 불만족의 사랑, 고독한 사랑 속에서 인간들은 고통스러워 한다.

사랑은 평안보다 고통, 만남보다 헤어짐, 기쁨보다 슬픔, 밝음보다 어둠 속에 그 모습을 숨기고 있다. 5월의 감천 가에 와서 시인은 '떠남으로써 완성되는 나와 그대'의 사랑을 깨닫는다.

버들개지 날리는 감천 가에 와
그대한테서 온 편지를 접네
그 많은 사연들
꿈결인 양 함께 걸었던
그 많은 거리들
내 기억의 가장 은밀한 곳에

이제는 잠재워두려네
지니고 갈 아무것도 없이, 표표히
나 이제 먼 길
떠나야 될 것 같네

그대한테서 온 편지를
감천 물에 띄우네
한 장 한 장의 행간에
기쁨과 슬픔
열망과 절망을 실어
머나먼 시간의 바다
돌이킬 수 없는, 결코 머무르지 않는
빛의 물살 속으로 띄워 보내네
내 젊음의 온갖 음영까지
…… 내 死後에도 그대
나를 생각해줄까

이 물가에 누워서 쳐다본 별밭에
내 별만큼 많은 꿈들을 쏘아올렸었네
내가 죽고,
내 모르는 타인의 신비스런 시간이 밀려와도
이름 모를 별에 떨어진 꿈들은
싹을 틔우고 있으리

떠남으로써 완성되는 나와 그대의 생애
5월의 감천 가에 와 비로소 알았네.

「5월의 물가에 와 - 첫사랑에게 바침」

인간관계의 가장 단순한 것부터 가장 복잡한 것을 총칭하는 개념으로 '사랑' 만큼 적합한 것이 없다.

사랑은 많은 문학작품의 주제가 되어 왔으나, 그 많은 것들 가운데 사랑의 기쁨만을 노래한 것은 아주 적다. 사랑의 기쁨만을 읊조리고 사랑의 고통을 말하지 않는다면, 그것은 참다운 인간관계를 탐구한 예술작품에 속하기 어렵다. 그것은 예술 본연의 정신에도 어긋나고, 사랑의 개념을 전적으로 왜곡시키는 것이다.

보통 사람들은 사랑의 이러한 측면을 이해하지 못하는데, 사랑은 속성상 고통스럽고 잔인하기까지 하다.

사랑받는 것보다 더 고통스러운 것은 없고
사랑하는 것보다 더 잔인한 것은 없나니

「죽어가는 사람의 애인을 위한 노래」에서

이승하의 사랑시에는 어떤 위선도 없다. 잔인한 고통 속에서 사랑의 기본원리를 발견한 시인의 성찰은 깊이 새겨둘 가치가 있는데, 사랑이라는 말의 '위대함' 보다는 그 말의 '처절함' 에서부터 사랑의 탐구가 시작되어야 한다.

나는 무작정 사랑할 것이다
죽어버리고 싶을 때가 있을지라도
사랑이라는 말의 위대함과
사랑이라는 말의 처절함을
속속들이 깨닫지 못했기에
나는 한사코 생을 사랑할 것이다
포주이신 어머니, 당신의 아들
나이 어언 스물이 되었건만

사랑은 늘 5악장일까 아니 女湯
꿈속에 그리는 그리운 고향 그 고향의
안개와도 같은 살갗일까 술 취한 누나의
타진 스타킹이지 음담패설 속에서만
한결 자유스러워질 수 있었고
누군가를 죽여버리고 싶을 땐
목청껏 노래불렀다
방천 둑길에서 기타를 오래 퉁기고
왠지 부끄러워 밤 깊어 돌아왔더랬지
배다른 동생아 너라도 기억해다오
큰 손 작은 손 손가락질 속에서
나는 자랐다 길모퉁이 겁먹은 눈빛은
바로 나다

사랑은 그 집 앞까지 따라가는 것일까
세월처럼 머무르지 않는 것일까
낯선 누나가 흘러 들어오는 것이지
젓가락 장단에 잠 설치지만
사랑이란 다름아닌 침묵하는 것
쓰다듬어주면서
네가 하는 말을 다 이해한다고
고개 끄덕여주는 것.

「사랑의 탐구」

사랑을 탐구하는 것은 인간을 탐구하는 것과 마찬가지 의미를 갖는다. 사랑은 직접적인 인간생활과 밀접히 관계되기 때문에 어느 예술가든 인간의 삶을 이해하는 중요한 테마로 그것을 취급해 왔다.

사랑이 보편적 관심을 받을 만큼 중요했던 것도, 의식하든 그렇지 않든 우리 모두는 매일매일의 삶에서 사랑이란 문제와 만나고, 그로 인해 기뻐하고 슬퍼하고 환희에 차있고, 절망의 나락에 떨어지기 때문이다.

중요한 점은 인간인 우리가 '나'와 '너'로 분리되어 있다는 사실이다. 인간의 사랑은 매우 다른 것처럼 보이지만 '너'와 '나'의 이기심이 개입됨으로써 그 겉모습과는 달리 훨씬 더 많은 유사성을 공유한다. 우리는 동일한 사랑의 충동에 사로잡히기도 하고, 여전히 어떻게 사랑할 것인가로 고민하면서 서로가 서로를 사랑하고 미워하고, 그로 인해 아픔을 느끼고 고통스런 삶을 영위한다.

인간은 어느 때 어느 곳에 살던 거의 유사하거나 동일한 사랑의 문제와 대면해 오면서 실패한 사랑이든 성공한 사랑이든 그것 속에서 삶을 꾸려왔다. 그리고 그것에 대한 단 하나의 의문을 풀기 위해 노력해 왔다. 그것은 '내가 생각하는 사랑이란 무엇인가', 그리고 '네가 생각하는 사랑이란 무엇인가'이다. 이 두 가지 물음에는 항상 사랑의 본성과 행동을 결정짓는 '나'와 '너'의 이기심이 개입된다. 인간 모두가 관심을 보이는 사랑의 문제에는 여러 관점이 있으나, 그것이 어떤 경계나 범위를 인정하지 않는 공통성을 지닐 수 있는 것은 이러한 이유 때문이다.

돌이켜 보면 맹종과 무지에서 비롯된 사랑이, 그것의 본모습인 양 찬양되어온 것이 사실이다. 그러나 인간은 원하는 대상, 욕망하는 대상, 사랑하는 대상을 마음대로 선택할 수 없다. 사랑은 마음대로 선택하는 대상이 될 수 없다. 그것은 감정의 일이지, 의지의 일이 아니다.

사랑은 이유가 있어서 하는 것도 아니고, 사랑을 해야 하기 때문에 하는 것도 아니다. 그러므로 사랑으로 하는 일은 항상 아픔과 좌절의 고통을 동반한다.

이승하는 고통을 사랑과 가까운 개념으로 바꾸어 놓는다. 사랑과 고통의 동일한 심리구조의 친화력을 발견하지 못한다면, 그의 시의 요점을 완전히 놓치는 것이다.

시간이 우리를 앗아갈 테지만
그 누구의 목숨인들 시한부가 아니리
우리는 욕망을 위해 상처를 견디고
욕망 때문에 고통의 뜻을 알지

「禮成江曲 前篇」에서

사랑에 대한 아름다운 환상으로 현실과 괴리된 사랑의 환상만을 노래한 시인들이 얼마나 많았던가? 그러나 단순하고 일방적인 사랑의 기쁨만을 예찬하여 허황된 환상을 좇게 만드는 것이 시인 본연의 임무일 수 없다. 사랑은 욕망을 위해 상처를 견디고, 욕망 때문에 고통의 의미를 이해하는 것이다. '잊는 법을/견디는 법을/용서하는 법을' (「또 하루」) 배우는 것이 사랑이고, 사랑이 숭고한 이유가 바로 여기에 있다. 시인은 단 한 번의 의심도 없이 '너와 내가 살고 싶어 이 아픈 지상' (「퇴원을 기다리며」)에서 수도 없이 나를 내팽개친 사람들을 '이제는 다가가 차례로' (「겨울, 도시에서」) 감싸안는다. 그가 이야기하는 사랑은 질투의 사랑, 탐욕의 사랑, 소유의 사랑과 거리가 멀다. 그런 사랑은 지속되는 동안 시기심에 시달리고, 의혹만 부추긴다. 사랑이 끝나면 거짓과 속임수만 남는 사랑은 진정되면 바로 권태로 이어진다.

환상적인 사랑은 상대에 대한 부재와 결핍 때문에 뜨거워지고, 그 결핍과 부재로 인해 흥분에 이른다. 사랑의 열정은 오직 결핍과 부재의 결과에 의해서만 유지된다. 이러한 경우 사랑은 욕망이고 욕망의 결핍에 해당하는 그 무엇이 된다. 없는 것밖에 달리 사랑할 것이 없으니 인간의 사랑은 오직 결핍과 부재에 시달리다 끝나버리는 셈이다. 더 이상 사랑할 수 없고, 환상만이 가득한 거기에는 열정 아니면 권태가 있을 뿐이다.

사랑에 빠진다는 것은 사랑에 대해서, 자기 자신에 대해서, 나를 사로잡는 대상에 대해서 어느 정도 환상을 가진다는 것을 뜻한다. 사랑을 하면 사랑의 내부에 들어가서든 그 밖에서든 환상을 가진다. 사랑하는 연인들은 현실보다 환상을, 만족보다 결핍을, 행복보다 쾌락을 갈구한다. 젊은 사관생도와 안나까레리나는 사랑을 환상과 혼동한 좋은 예이다.

상대에 대한 환상, 나에 대한 환상, 사랑 그 자체에 대한 환상에 휩쓸려 그들의 발목을 잡는 현실상황을 한탄하며 그 상황 속에서 고통스럽게 몸부림친다. 그러나 한적한 시골로 도피하여 지금 여기의 현실이 더 이상 장애가 되지 않고, 상대와 더불어 달콤한 사랑을 꿈꾸기에 모자람이 없는 바로 그 순간 그 사랑은 깨진다. 그것이 바로 환상적이고 덧없는 사랑의 현상인 것이다. 사랑의 경우 열정은 지속과 반대 개념에 해당한다. 상대의 부재를 아쉬워하고, 상대와 더불어 계속 있고 싶어하는 사랑, 그리하여 제정신이 아닌 황홀한 상태에서 상대방을 좇는 이기적 욕망이 불타오르면 '나'와 '너'를 모두다 태워버린다. 그러한 사랑은 만족을 모르고, 언제나 환영 속에서 고독과 고통에 시달린다. 그렇다면 '너'와 '나'의 이기심이라는 감옥에 갇힌 사랑의 탈출구는 정녕 없는가? 있다면 그곳은 어디인가? 「공사를 시작함」은 그 탈출구의 가능성을 제시한다. '나'와 '너'가 아니라, '우리'라는 이름 아래 '늘 함께라면', 인간은 사랑의 환상에서 벗어날 수 있다.

그대와 더불어 지향할 곳이
지금 이곳이 아니라면 저는 우선
다리 하나를 놓겠습니다
실개천이면 외나무다리를
개울이면 징검다리를
깊은 강 가로막혀 있으면
튼튼한 철근 콘크리트로
건너고 싶은 사람들 건너게 해야지요
몸이 불편한 친구가 사양해도 저는
그를 부축해주겠습니다
한 사람이라도 더 건너게 해야지요
우러러볼 별과 달이 없어도
살아 있는 한 사는 거라고

화톳불에 언 몸 녹이다 보면
봄 햇살 언 몸을 녹여줄 거라고
하지만 섣불리 단정하진 않으렵니다
완공시킬 날까지는
시간이 필요하겠지요
지푸라기 하나라도 이 땅에 생겨나려면
둘 이상의 계절이 필요하듯이
땅과 땅이 손 내밀어 따뜻이 화해하는
그 순간이 오기까지 '너'와 '내'가 아니라
'우리'라는 이름 아래 늘 함께라면
그대는 단념하지 않고 기다릴 수 있겠지요
저는 다리 하나부터 놓을 것입니다.

「공사를 시작함」

양성동체兩性同體의 신화에 따르면 인간은 원래 한 몸을 이루고 있었다. 그러나 제우스신의 노여움을 사게 되어 양성동체의 인간은 둘로 갈라졌고, 그 후부터 끊임없이 나머지 반쪽을 되찾으려고 애쓰게 되었다. 사랑은 과거에 완전했던 몸을 회복하려는 열망에서 시작된다. 오직 사랑만이 완전했던 과거의 우리를 회복시켜줄 수 있다. 그리고 '너'와 '나'로 분리된 '우리'가 하나로 합쳐질 때 사랑은 완전할 수 있고, 현재의 잘못된 인간의 상태를 치유시켜 준다. 이승하가 토해 놓은 사랑은 둘이 아닌 하나가 되는 사랑이고,

그것을 위해 너와 나를 연결하는 '사랑의 공사'를 시작하자는 것이다. '너'와 '나' 사이에 다리를 놓아 둘이 아닌 하나가 되는 것, 그것이 완전한 사랑이고 그것만이 우리의 본래 모습을 회복시켜 우리의 행복을 되찾아주기 때문이다. 현대는 차츰 '우리들의 행로'를 밝혀 줄 사랑의 불씨를 잃어가고 있다. 불씨가 사위어갈 때, 그것을 아끼듯 그대를 아끼는 사랑, '다시 올 어떠한 아픔도 설움도' 마다하지 않으며 '죽·는·순·간·까·지' 눈부신 그대를 사랑하는 참된 사랑을 상실해 가고 있다. 우리는 그것을 복원시켜야 고통에서 벗어나 따뜻한 행복을 누릴 수 있다.

내 품에 안겨 숨죽인
그대 손이 왜 이렇게 따뜻할까
내 마음에 깊이 새겨진
그대 모습이 오늘은 더욱 신비롭구나
우리 아무 가진 것 없어
눈물 홍건했던 시절이 참으로 길었네

설움에 겨워 잠들지 못한 날
그대 아픈 나를 일으켜 세워
새벽, 미명의 길을 함께 걸었지
조금씩 조금씩 밝아오는 빛 속으로
나를 데려간 그날의 행로를 기억하는가

그대 손의 온기는 내 가슴에 여전하네
그대 가슴의 온기는 내 손에 여전하네

사위어가는 불씨를 아끼듯
그대를 아끼리
다시 올 어떠한 아픔도 설움도
마다하지 않으리
그대가 나를 이루어간다면
나 또한 그대를 이루어가리
떨리는 목소리로 난생 처음 고백하네
그대에게, 눈부신 그대에게
사·랑·하·리·죽·는·순·간·까·지

「우리들의 행로」

시인은 인간과 인간의 관계에서 필연적으로 맺어지는 사랑이란 문제를 삶의 과정으로 받아들일 것을 호소한다. 하여 그는 시종일관 변화하는 인간관계의 역동성 속에서 사랑을 이해하기를 요구하고 있으며, 사랑을 이기심으로부터 해방시켜 질투와 고통을 벗어나 인간 모두의 삶에 유익한 사랑을 역설한다. 상처받은 영혼을 따뜻하게 안아주는 사랑, 그것은 자기의 실존을 구성하는 모든 것에 대한 무한한 포기 속에서 얻어진다. 기쁨은 오직 슬픔으로부터 탄생하고, 모든 것을 포기하는 고통으로부터 사랑의 꽃이 피어난다. 그 꽃이 인간사회를 아름답게 만드는 바, 사랑을 따라가되 그것에 빠지지 않고, 사랑의 명령에 순종하되 사랑에 갇히지 않음으로써 우리의 사랑을 스스로 높은 단계로 승화시킬 수 있다. 그러기 위해서는 육체의 아름다움을 사랑하는 것부터 시작하여 영혼의 아름다움, 나아가 우주의 아름다움을 깨닫는 노력이 필요하다.

우리를 인도해서 우리를 구원받게 해주는 사랑의 모습이 바로 우주의 아름다움 속에 있다. 이승의 기나긴 밤에 '살아 있는 것들의 향기를 맡을 수' 있는 것은 우리가 '꽃 한 송이의 천체' (「꽃차례」)와 맺어져 있기 때문이다. 마른 풀잎의 목숨까지 사랑치 않는다면 '우리는 한줌의 재에' 불과하다. '각막 이식을 하고 눈뜬 아침' 시인은 놀랍게도 '피어 있는 한 송이 꽃' 과 '깨어 다가오는 우주' 의 대비를 통해 사랑의 활력을 노래한다. 그는 인간과 인간 사이의 가장 아름다운 사랑의 모습을, 지상에 피어있는 한 송이 꽃에서 발견한다. 그리하여 그 꽃은 삶에 즐거운 향기를 전해주고, 마침내 단절되어 있던 '너' 와 '나' 사이의 관계를 이어준다.

그대 향해 다가서면 늘 내 마음은 무너져
바람이 부는 율곡로에서는 휴지와 같이
비가 내리는 세종로에서는 빗물에 섞여
어디 멀리 사라지고 싶었다 숨고 싶었다

그대 이런 나를 몇 번이고 만류하는구나

각막 이식을 하고 눈뜬 아침

나는 아직도 무슨 바람이 그리 많이 남아
살려고 애쓰는가 조금이라도 더 살려고 하는가
그대 곁을 맴돌며 맴돌며 나직이 불러본다
꽃이여 우리 지금 살아 함께 숨쉬고 있구나
살아야 할 많은 시간 앞에 내가 부끄러워 고개 떨군다

깨어 다가오는 우주여.

「피어 있는 꽃」

'깨어 다가오는 우주' 속에 피어있는 한 송이 꽃, 그것은 결핍이 없고 고뇌가 없고 질투가 없고 고통이 없는 사랑을 상징한다. 그 자체로 좋은 것, 받는 쪽보다 주는 쪽이 좋은 사랑의 모습이다. 사랑한다는 것은 그 무엇인가를 즐기는 것이다. 우주는 꽃을 즐기고, 꽃은 피어있는 그 자체로 기쁘다. 우주와 꽃은 서로가 자기를 주장하지 않고, 서로는 서로를 간섭하지 않으며 서로가 서로를 기뻐하고 즐거워한다. 사랑은 '너'라는 외적 원인에서 얻어내는 것이 아니다. 모든 감각을 동원해서 그리워하는 대상을 '나' 스스로 느끼는 내적 즐거움과 기쁨에서 참된 사랑이 탄생한다. 어떤 형태의 것이든 간에 진정한 사랑은 환상이나 결핍이나 열정으로 전락하지 않고 아름다움을 꽃피우는 사랑을 말한다. 기쁨으로, 부드러움으로, 감사로, 신뢰로 함께 사는 행복을 누리는 것, 그러한 사랑의 모습을 개화기의 꽃들이 보여준다. 개화기의 꽃들은 서로 다투지 않고 욕망하지 않고 시기하지 않고 서로가 서로에게 좋은 마음으로 서로의 기쁨을 나누고 서로를 사랑한다. 이 시가 함축하고 있는 바, 시인은 육체적인 사랑에서 정신적인 사랑으로, 자기사랑에서 타인사랑으로, 받는 사랑에서 주는 사랑으로, 결핍에서 충만으로, 불만족에서 행복으로, 고통에서 기쁨으로 넘어가는 휴머니즘적 인간사랑을 염원한다. 그것이 바로 에로스에서 필리아로 건너가는 사랑의 본모습이다.

내 이제사 괴로워한들
피지 않은 꽃들의 아픔을
슬퍼해본들 아직도 빛이 없어
오오랜 침묵의 나날을 견뎌야 할
꽃들이 이 땅 어디에나 있음을
생각해본들 봄 들판 제각기
자랑스럽게 화알짝 피어날 때
비로소 몸져눕는 이름없는 목숨들
한 순간의 아름다움을 내세우기보다
스스로의 깊은 침묵으로 잠기는

더 아름다운 인내가 가까이 있음을
부끄러워한들 아직 눈뜨지 않은
비바람 속에서도 잎 떨구며, 잎 떨구며
꺾이지 않고 일어설 날 기다리는
꽃들의 의미를 아아 부끄러워한들.

「開花期」

참된 사랑은, 한 순간의 아름다움을 내세우기보다 스스로의 깊은 침묵으로 잠기는 '더 아름다운 인내'를 보여주는 것이다. 그 사랑은 육체에서 출발하여 정신으로 발전되어 가는 것이고, 결국은 욕망의 즐거운 승화를 이루는 것을 말한다. '몸져눕는 이름없는 목숨들'처럼 그 사랑은 자기주장보다는 자기부정이, 확장보다는 물러남이, 소유보다는 잃음에 근거하여 성립한다. 동기가 없고 사심이 없고 이유도 없고 그냥 그대로 모든 것을 조건없이 베푸는 사랑에서 행복의 열매가 결실을 맺는다.

우리가 간절히 염원하는 사랑, 우리의 어둠을 밝혀주면서도 그 진원지를 알 수 없는 그러한 사랑의 모습을 시인은 '개화기의 꽃들'에서 찾아낸다. 그를 부끄럽게 만든 '꽃들'의 사랑은 자기를 벗어나서 서로의 행복을 찾는 행위이다. 사랑이 풍요로운 이유가 바로 여기에 있다. 결핍의 사랑을 풍요의 사랑으로, 그리하여 사랑의 고통을 사랑의 기쁨으로 변화시킨 사랑이 「開花期」의 꽃들 사이에서 아름답게 피어난다. 시인을 부끄럽게 만든 꽃들의 사랑의 의미를 간과한다면, 이 시의 의미를 꿰뚫기 어렵고, 사랑 본연의 핵심을 놓치게 된다. 동시에 그것은 다양한 시각을 동원하여 위대한 우주의 사랑을 성찰한 이승하 시의 근본주제를 외면하는 것이다. *

젊은 별에게

초판인쇄 · 1998년 5월 10일
초판발행 · 1998년 5월 17일

지은이 · 이승하
펴낸이 · 최정헌
펴낸곳 · 좋은날
주소 · 서울시 서대문구 충정로 3가 8-5호 동아 아트 1층
전화번호 · 392-2588~9
팩시밀리 · 313-0104

등록일자 · 1995년 12월 9일
등록번호 · 제 13-444호

값은 표지 뒷면에 있습니다.
ISBN 89-86894-25-4 03810
*잘못된 책은 바꿔 드립니다.